일만 마리 물고기가 山을 날아오르다

일만 마리 물고기가 山을 날아오르다

조용미 시집

차 례

제 3 부

제 1 부

겨울 오동나무

지난 겨울 어디에서나 내 가는 길 끝에 오동나무가 서 있
었다

죽장 다녀오던 길, 알 수 없는 碑文들과 어떤 이의 무덤이
견고한 城砦를 이루고 있던 그 길 앞에 一柱門처럼 서 있던
두 그루 오동나무

밤이면 봉황이 깃들여 오동나무 텅 빈 열매들 주렁주렁한
가지마다 금빛가루를 터뜨리고 오동나무 몸을 빌린 악기들
은 죽은 자를 위해 달빛 아래 弦을 뜯을 것이다 구름은 어두
운 하늘을 천천히 흐를 것이고

오동나무가 서 있는 곳에서부터 뻗어나가는 낯선 길들,

텅 빈 棺, 짚신, 모자, 구리반지 그리고 襚衣…… 죽은 자
의 방을 오래 들여다보고 있을 때 겨울 정오의 햇살이 찌르
듯 나를 관통해 갔다

죽은 자와 산 자 사이에 놓여 있는 內通門, 그 좁은 길, 오
동나무 곁에서는 죽음조차 가볍다

꽃산행

꽃의 이름을 불길함과 함께 떠올리며 시작하는 하루란

산자고와 목숨을 바꾼 사람…… 이런 말을 중얼거리며 깨어난 새벽
식물도감에서만 볼 수 있던 꽃들을 만났다
꽃들은 다 사라지고 내가 붙잡은 말이 너무 무거워 불을 켜고 우두커니 앉아 있는 새벽 세시
흰 꽃들만 보였는데, 웬일인지 다 벼랑에 피어 있었는데
누가 이스라지나 산자고와 목숨을 바꿀 것인가

봄꽃의 이름과 죽음이 맞닿아 있는 불길함으로 잠을 설치는 밤

천지간

1

……무엇을 뜨겁게 사랑하다 상처받고 마음잡을 수 없어
驛馬 타고 다니며 몸에 붙은 病을 털어내려 하지만 고독이
뼛속에 들어오니 오호 天地間을 기웃거리며 眞人을 기다리
는도다

2

바람이 비를 옆으로 날리고 나는 冊曆을 한장 넘긴다
病과 하나가 되었을 때의 安樂寂滅,
야수다라의 흐트러진 꽃,
내가 알고자 한 것은 이런 게 아니라고 중얼거리며
책을 덮는다
글자 속에서 달이 뜨고 해가 진다
빗줄기가 점점 굵어지고 하늘이 들끓는다

길 가는 나를 붙들고
누가 꽃맞이하자 부추길 날이 다가온다

白磁壺

물
담아둔 백자 항아리에
달이 들어가 있다
강물을 거슬러와 무심히 가라앉아 있는
달
백자 항아리의 몸이
조금씩 부풀어오른다
저 속에 누가 깃들여 살고 있는 것인지
항아리 속이 환하다가 어두워졌다
달 들어간 그
둥근 속
마당이 달빛을 내뿜고 있다
달항아리는 나를 담고 있다

저수지

논을 가로질러 선산에 오르려면 그곳을 꼭 지나쳐야 한다

그곳은 파다 만 우물 같은 저수지

아버지 저만치 앞서 가시고 동생도 뒤따라가고

논둑길 걷다 보면 어두운 초록빛 물은 그곳이 길의 다른 입구라고 속삭인다

움푹한 어둠이 입 벌리고 있는 곳,

어디까지 파 내려갔을까 깊은 웅덩이는 어느새 하늘과 산과 나의 고개 숙인 얼굴을 거꾸로 붙들고 있다

그 속에 도사리고 있는 무언가 있다

장대로 그 속을 찔러보지 않아도 알 수 있다

언젠가 눈동자를 반으로 가르고 그 속에 사람이 풍덩 뛰어들었던 적이 있었다

하지만 눈동자는 그를 다시 게워냈다

치마를 뒤집어쓴 젊은 여자도 물가 고무신 곁으로 조용히 데려다놓았다고 한다

동생도 아버지도 벌써 보이지 않는데, 아버지는 이쯤에서 항상 나를 부르신다

물의 검은 입 속에 머리를 집어넣고 그 속을 기웃거리던 나는 대답 대신 머리를 빼낸다

아무도 그 속에 들어가보지 못했다

몇년 뒤, 저 속에 들어가 시퍼런 물에 썩지도 않고 눈뜨고
있는 사람

그는 무엇을 보게 될까 비밀을 보아버린 사람은 항상

죽은 자이다 그리고 침묵만이 오래 그들의 몫이 된다

산소에 오르려면 늘 그곳을 지나쳐야 한다

국화잎 베개를 베고 누우면

1

밤바람이 별들을 데리고 간다

국화잎 베개를 베고 누우면
깊이 잠들 수 있을까
아침부터 한낮까지 쓰러져 자고 일어나
커튼을 걷어낼 때의 쓰라림을
수국차를 달여 마시면
맛보지 않을 수 있을까

자동응답기를 틀어놓고 듣는 목소리들,
굳은 설탕 같은 날들은
쓰라려 내 詩 안으로 아무도 들어오려 하지 않고
말이 간단하면 도에 가깝다는데
아무도 길게 이야기하지 않는다

2

나무마다 꽃 필 때 나비 오다가
지는 꽃 뜰에 가득 나비가 간다*

＊ 명조(1593~1661) 『허백당집』에서 인용.

동백의 맥을 짚어보다

새벽 빗소리는 뚝 뚝 아는 이의 거처를 지우며 내 방으로 흘러든다 그곳은 검은색으로 휩싸이며 지워진다 내 아는 이의 거처에도 비는 내리겠지만 그 비는 이제 내게로 오지 못한다

먼 길들이 물에 잠기는 소리를 들으며 산에서 들고 온 동백 두꺼운 잎의 맥을 짚어본다

꽃살문 저쪽은 내가 걸어들어갈 수 없는 곳, 연꽃무늬와 국화무늬의 분합문 사이를 서성이며 내가 본 것은 그 속의 동백잎보다 더 두터운 환한 어둠, 산에서 돌아온 후로 자주 새벽예불 소리를 듣는다

절방 뜨거운 방바닥에 몸을 누이고 듣던 경을 외우던 소리, 창호지 문살에 설핏 비치며 지나가던 사람의 옆모습, 촛불을 꺼야 한다 이제 그만 촛불을…… 동백숲과 대숲과 굴거리나무를 쓸고 온 바람이 녹슨 풍경을 건드리며 내 잠속으로 들어왔다 이승에서의 고단한 첫잠인 듯

법당 앞 연못의 어린 비단잉어들은 단풍잎 사이를 헤치고 단풍잎들은 비단잉어 울긋불긋한 무늬 어린 것들 사이를 떠다니고 있는 그 시간, 산을 내려오다 무심히 발길을 돌린 것은 동백 떨어진 잎을 손바닥에 올려놓은 탓만은 아닐 텐데

  벽에 걸린 못 두어 개 휴지통과 양초 한자루 선반 위에 놓인 이부자리가 전부인 반듯한 절방에 동백잎 서걱이는 소리와 풍경소리에 밤을 다 빌려준 새벽, 내 지치고 아픈 몸을 누일 때

세한도

애월 바닷길에 핀 백일홍과
날아다니던 비양도와
산호 해변의 흰 밤과
검멀래의 갯쥐며느리와
윗세오름의 구상나무와
뭐라 말할 수 없는 섭지코지와
그리고
하얗고 빨간 등대들

보았을까

대정 향교의 소나무가
朝鮮後期國寶展에서 나를 오래 붙들고
놓아주지 않던
세한도의 그 나무를 닮아 있다

바람에 이리저리 쏠릴 때마다
마음이 가물가물해지는
협죽도

이마에 얹힌
머리핀 같은 연붉은 꽃

적거지에서의
사나운 며칠,

점봉산

단목령까지 등산화의 끈을 몇번이나 풀었을까
귀룽나무 흰 꽃 떨어져내리는 개울을 시린 발 오므리며 건
널 때
열목어는 눈 대신 맨발과 종아리 담그고 있는 나를 숨어서
바라본다

발 디디는 곳마다 비명소리가 난다
한계령풀 피하다 금강애기나리를 밟았을 때
동의나물 근처에서 젖은 발은 다시 화끈거린다
홀아비바람꽃 마주보고 있는 속새 박새가 내주는 길 따라
가다 마주친
얼레지 붉은 자줏빛에서 나는 처음인 듯한 통증을 느꼈던
것

연영초 시드는 큰 잎이 내 病의 내력을 말해줄 때
자작나무 흰 껍질에
임종게 같은 말을 새기고 지나가는 사람들
북암령 길은 발 디디는 곳마다 서러움투성이

환성사 行

환성사의 수미단을 보고 돌아온 날 밤
잠을 설쳤습니다
연꽃과 모란 매화 국화 지저귀고 새들은
향기를 뿜어내고 들짐승들
밤새 머리맡을 어지러이 날아다녔습니다

반야월 청천 지나 하양 가는 길
밤에 지난 길들이 서툴게 펼쳐집니다
탱자나무 울타리 좁은 길과 눈 녹은 계곡을 따라
구불구불 수미단을 보러 갑니다

일주문 아래 길을 만들며
절을 찾아다닙니다
몸에 길이 새겨집니다

映山紅

꽃들이 간격을 두지 않고 다투어 피었다
엘니뇨 탓이다
진달래 지기도 전 영산홍이 따라 피었다
영산홍과 진달래를 비교하는 봄은 짧아 몸 가진 것들 다
앓아 눕는
노을만큼 붉은 꽃들로 가득한 세상

낙선재 뜨락이나 남양주 석화촌에서 만났던
다섯 장의 꽃잎을 한 데 달고 있던 통꽃들
어질머리 나는 그 속을 들여다보았던 기억을 들추어보지
않아도
솜털 보송한 연두색 꽃다대가 붉은 꽃들을 서너 개씩 떠받
치고 있는 그 꽃들이
오래 봄날을 혼미하게 했다는 걸 누구나 다 알고 있다

이제 아픔 곁에 서서 마당의 영산홍은 하루 종일 나를 지
켜본다
내가 들여다보는 영산홍과 자산홍의 시간이란
햇빛과 어스름과 봄비와 달빛 속이지만

꽃은 그 속을 열어 보이지 않는다
갈고리처럼 휘어진 꽃잎보다 긴 암술이
지난밤 그 빛깔에 닿을 수 없는 영산홍의 몸짓을 짐작케
할 뿐

가장 짧은 수술이 닿아 있는 꽃의 속살에
점점이 갈색 열꽃이 번져 있다
영산홍이 함부로 향기를 내뿜지 않는 이유가 꽃이 가진 지
나친 붉은빛 때문일 거라 중얼거리며
영산홍에 마음의 부림을 당하는 한나절
내가 쏟아놓고 싶은 말들이 때로 꽃의 저 선연한 붉은빛과
닮아 있었다는 걸 당신은 아는지

붉은 山

산을 보았다
뼈만 남아 앙상한 늙은 개의 등가죽을 한
사막의 砂丘들
나무 한그루 없는 모래의 산
고행승의 얼굴에 새겨진 골 깊은 주름,
그곳 죽음의 계곡 어두운 결을 따라
바람이 새겨놓은 움푹 들어가고 나온 자리마다
죽음과 삶이 몸을 섞는 곳

번뇌에도 저런 빗살무늬토기의 결이 생길까
부드럽고 잔인한 사구들 위로
하마탄*은 살갗을 파고들며 불어온다
번뇌에 번뇌를 거듭하며
살갗이 염전의 소금처럼 오그라들어 빛을 발하면
하나의 사구가 넘지 못할 거대한 산을 이루기도 하는 곳,
절 한채 들어서지 못하는
붉은 山

* 사막에 부는 모래바람.

버즘나무 껍질 다 벗겨져 하얗게 빛나는

은해사동화사기림사파계사신륵사환성사보광사유가사운
주사전등사정수사보문사

국도변에 서 있는 가로수 같은 이 절의 이름들을 거쳐 겨
울을 지나왔다

어떤 나무는 사람의 이름 같기도 한 문신을 내 몸 깊숙이
새겨놓았다

흰 테를 두른 손바닥만한 사진 속에서 흑백으로 환하게 웃
고 있는 아버지

銀海寺 가는 길,

사진 뒤에 남겨놓은 글자들의 힘을 빌려 나는 하양이나 서
해의 조그만 섬을 찾았다

내 나이의 아버지가 거기에서 본 것은 내가 본 것과 같은
것이었을까

그가 다닌 길 위로 강이 물줄기를 바꾸기도 하고 산속 깊
은 곳에는 암자가 생겨났다

오래고 큰 나무들 앞에 간혹 멈추어서서 손금을 들여다보
며 내게로 이어진 쓸쓸하고 긴 시간들

버즘나무 껍질 다 벗겨져 하얗게 빛나는,

내가 그리움으로 혹은 욕망으로 만들어놓은 저 먼 길

마라도

푸른빛에 두 눈 파먹히고 돌아온 날,

한없이 푸른, 까마득한 쪽빛 바다가
뼈 마디마디를 다 뚫고 들어왔다
문득 삶이 느껴지지 않아
나는 나지막이 비명을 질러보았다
협죽도 붉은 꽃잎이 떨어지던 날
푸른빛이 광기를 발하며 빛을 내뿜고 있던 그곳으로 갔다
푸른빛에 휩싸이지 않고 있는 것은
제 붉은 살을 바람에 내맡기고 있는 협죽도뿐

마라도에서 꽃들은 모두 엎드린다
갯쑥부쟁이처럼 키 낮추고 풀보다 낮아져야
왜바람을 견딜 수 있다 푸른빛에 찔리지 않는다

내가 아는 모든 푸른색은 공허해졌다
나는 내가 겪었던 푸른빛에 대한 육체성을 다 海葬시켜버
렸다
나는 푸른빛을 잃었다

푸른빛은 흰빛이 되어버렸다
푸른빛에 찔린 몸을 질질 뭍으로 끌고 돌아온 날 아침
말러를 듣는다
청록 색맹, 푸른빛이 빠진
눈에 靑苔가 낀 말러를

그곳에 두고 왔다
바람, 햇빛, 그리고
내가 만질 수 없었던 잔혹한 푸른빛

제 2 부

옛 집

나와 동생이 탯줄을 잘랐다는 이십년도 넘게 내버려진 폐
가에
아침 안개를 걷고 올라가보면
잡풀과 도꼬마리 옷에 쩍쩍 들러붙어
마당 어귀에서부터 발목이 잡힌다
안으로 들어서려는 그 어떤 힘도 완강하게 거부하는
폐허의 城, 깨진 옹기 뒹구는 장독대를 바라보며 폐허와
내가
반대편에서 자라고 있었음을 알겠다
메주를 매달아놓아 늘 쾨쾨한 냄새가 가시지 않던
사랑방 문짝까지 닿으려면
허리까지 오는 잡풀들만 걷어내면 되는 것일까
길을 낼 한치의 빈틈도 내주지 않는 잡풀과 나 사이의 경
계가
산맥처럼 멀다 폐허를 더듬으려면
내 몸 구석구석을 만져보면 된다
동생이 구운 참새 다리를 물고 서 있다 작은아버지가 타작
을 한다
할머니가 애호박을 삶는다 고모는 보이지 않는다

장독대 옆에 참나리가 핀다 뒤란에 까마중이 까맣게 익는
다
　내가 그걸 탁탁 터뜨린다 옛집이 잠시 붐빈다

　죽어 한가로운 앞마당의 감나무,
　아시터 옛집과 내가 헤어지고 나면 서로 어디까지 치달을
지 모른다
　옛집은 낙타의 걸음걸이로 세월을 향한다

붉은 숲

가끔 옥룡사터 동백숲 헤매는 꿈을 꾼다

손에 얹어 온 동백잎을 들여다본다
나는 자주 나뭇잎이나 꽃잎 한장에서
내 운명을 읽어내려는 버릇이 있는 사람,
옥룡사터에는 탑도 부도비도 깨어진 부처도 없다
다만 수천 그루 동백이
탑과 부도비를 대신해 백계산을 뒤덮고 있을 뿐
동백 보려면 옥룡사를 찾지 마라 도선을 불러내지도 마라
심장을 꺼내어 보면 된다
나는 동백잎에 이 말을 새겨두고 내려왔다

동백숲은 어둡고 붉고 소란하다
벌들 잉잉거린다
바람은 붉은 꽃잎 갈피마다 깊숙이 스며든다
동백숲은 합장한 무덤을 심장처럼 품고 있다
심장 위에 누가 동백의 목을 부러뜨려놓았다
동백숲의 한가운데는
죽음으로 뻥 뚫려 있다

동백나무 아래 조릿대들이 쓰러져 있다
동백 아닌 것들은 하얗게 말라가며
붉은 숲을 떠나고 있다

어두운 길들

먹구름이 하늘을 검게 물들이며
서서히 다가왔다
불안은 그 아래 숨어 있다
폭우를 거느린 그것은
순식간에 사방으로 검은 손길을 뻗어내렸고
후두두둑,
신열의 이마를 치고
여기저기 지붕 위나 유리창을 어지럽히며
뛰어다녔다

하루 종일, 비를 그리는 마음이
먹장구름을 불러들였다
한치 오차도 없는 먹구름의 행로에
뜻 모를 탄식과 신음소리가 새어나온다
우렛소리는 더 먼 곳에서 돌아오고
하늘에 흰 불꽃이 내려꽂힌다
어둠속에 번쩍이며 제 뼈를 내보이는 길들,
후끈 끼치는 흙내음과
장대비에 여름의 날들이 어두워진다
밖은 폭우에 둘러싸여 있다

봄 볕

원통보전 앞 흰 동백은 햇볕에
피가 다 빠져나가버렸다
두터운 잎마저 누렇게 꽃잎을 따라가고 있다
물소리 깊어가면 백당나무 흰빛 쫓아
매화와 붉은 동백을 떨어뜨리는 봄볕

울타리 너머 대원사 다층석탑이 솎아내는 봄볕은
붉은 녹을 한꺼풀 더 껴입는 것
아니, 동백의 붉은빛이 탑으로 스며들어
위에서부터 흘러내린 것
탑이 몸을 붉히는 까닭을 나는 자꾸 흰 동백에게 물어본다

花階의 맨 아랫단에 심은 영산홍이
햇빛을 꽃잎 위에 펼쳐놓을 때
눈밑이 검은 病이 깊은 사람들이 나와 앉아
영산홍 그늘에 몸을 맡긴다

흥덕왕릉 소나무숲

빛과 어둠의 경계가 너무 커 소름이 돋는다 하늘을 다 가
려버린 노송들 아래 찬바람만 빈자리를 드나들고 있는 소나
무숲엔 버섯조차 자라지 않는다 새들도 이곳을 쉽사리 들여
다볼 수 없다 한줄기 햇살의 틈입도 허락하지 않는 곳, 짙은
그늘 아래 얼마나 오래 굳어 있었을까 언제 꽃과 풀들을 피
워보기라도 한 것일까 흙은 단단한 바위처럼 누워 있다

꿈틀꿈틀, 빛을 향한 욕망이 소나무의 몸을 온통 뒤틀리게
했다 불길을 피해 몸을 트는 화형장의 마녀의 몸부림이 저러
했을까 감출 수 없는 욕망의 흔적으로 가득한 이곳을 연옥이
라 부르고 싶다 계절이 아무리 바뀌어도 한가지 풍경만을 가
지고 있는 곳엔 시간도 멈추어버린 지 오래, 빛을 향한 마음
이 하늘에 닿는 곳 욕망의 끝간데 없는 거기, 소나무가 가장
높이 뻗어올린 가지 끝 그곳에 빛의 폭포가 쏟아진다

소나무숲 아래를 감도는 찬바람은 아마도 내게 흥덕왕릉
이 이곳에 있게 된 사연을 말해주고 싶어하는 눈치다 길 가
는 사람의 궁금증을 다 풀어주기엔 시간의 올을 너무 많이
풀어내야 하는 것일까 저 오래된 소나무들은 그걸 알고 있다

뒤틀린 나뭇가지들의 아우성과 한없이 솟아오르려는 나무의 힘이 동떨어진 한 세계를 이루고 있는 그곳엔 시간을 거역하는 서늘함만이 왕릉의 입구를 지키고 있다

장대비

오래된 쇠못의 붉은 옷이 얼룩진다
시든 꽃대의 목덜미에 생채기를 내며
긴 손톱이 지나가는 자국
아픈 몸마다 팅팅 내리꽂히는
녹슨 쇠못들
떨어지는 소리

하얀 마당에 푹 푹 단내를 내며
쏟아지는 녹물들
붉은 빗금을 그으며 머리 위로 떨어지는
닭벼슬! 맨드라미! 백일홍! 해당화! 엉겅퀴! 큰바늘꽃붉은
잎!
신음소리를 내며 막 벌어지는
상처의 입들,
눈동자를 붉게 물들이며
나쁜 피를 다 쏟아내는 저녁

내 책상 앞의 라일락나무

풀들이 어두워졌다 지난밤
비의 입김으로 달은 뿌옇다
감나무와 은행나무 사이 까치집을 오래 넘본다
목련나무에 기대 구름 무겁게 흐르고
촘촘한 발자국은 바람이 이마의 미열처럼 곳곳에 숨어 있는
명자나무 붉은 꽃과 노란 꽃술 앞에서
자주 머뭇거린다
봄밤 마당에 나와 앉아 바흐를 듣는 일은

수수꽃다리 보랏빛 향기는 담을 넘지 못하고
책상 앞에 흑백사진으로 걸린 사람은
현의 떨림을 그 쪽으로 끌어당긴다
저음의 첼로는 늘 책상 앞에만 머문다
박새나 멧비둘기가 가끔 유리창을 기웃거리기도 하지만
무거운 음악이 담을 넘은 적은 없다
그 집 마당의 나무며 꽃들은 첼로의 저음으로
꽃과 잎을 피우며 뜨거움을 삼킨다

느티나무의 몸 속에는

폐사지를 찾아나서는 길은 숨은 그림 찾기
절터를 알리는 푯말도, 길도, 불빛조차 없는
낯선 곳을 찾아 헤매다보면
늙고 오래된 나무들이 이정표가 되어 사람을 끌어당긴다

숨은 그림 찾기의 한 모서리를 다 맞추며 닿게 되는 옛절터는
천년 된 느티나무의 聖地
거돈사, 그 폐허의 비밀을 읽다 돌아간 사람들의 눈빛은 얼마간
갈라진 삼층석탑과 석축을 뚫고 뿌리 뻗은 저 느티나무나
쓰러진 당간지주를 닮아 있으리라
폐허의 냄새에 이끌려 찾아온 사람의 등을
자꾸만 어디로 떠미는 찬바람과 짙어가는 날빛,

늙은 느티의 몸 속에 들어갔다 나온 뒤
쉽게 법천사를 찾았다 아니 몸 벌리고 있는 늙은 느티나무가
법천사인 줄 그곳을 떠나면서야 알게 되었다
부론은 절이 느티나무 속으로 숨어버리고

깨어진 석탑의 지붕돌과 부도비만 덩그러니 남아 있는 곳
　해와 달과 봉황이 노닐고 있는 저 부도비마저 느티의 몸
속으로 들어가고 나면
　늙은 나무와 몸 섞어보지 않고서는 법천사를 볼 수 없으리

　문막 지나 섬강을 거슬러오르면 강이 뿜어내는 안개는
　내가 찾는 절터를 늙은 느티보다 빨리 감추어버리고
　숨은 그림 찾기는 점점 어려워진다 안개 때문이다
　안개 속에서 나는 또다른 이정표를 찾아 두리번거린다

검은 꽃잎들

목련의 꽃잎을 그냥 희다고 해야 할까
마당을 울리며 떨어져내리는
목련, 지는 소리
뿌리 뽑히듯 천천히 땅으로 내려앉는
저 꽃의 사나운 운명을
단지 짧은 봄의 날짜 탓으로 돌려야 할까
목이 메이도록 아픈 흰빛은
지상으로 내려와
물기를 다 내어보내고 침향색으로,
검은빛으로 오그라들어
마침내 흩어진다

아득한 기억 위로 끝없이 떨어져내리는
희고 어두운 꽃잎들,

비 내리고 바람 불어
불두화 작은 꽃들
다 흩어져내려 상여 같은 흰 길이 생겨났다
적멸에 든 작은 꽃송이들,

부처의 머리가 달아났다
나발들 흩어져 하얗게 쌓인 앞뜰
바람에 나부끼는 부처의 머리칼들

난폭한 봄이 도발해낸 아픔은 천천히
검은빛으로 변해간다

비자림에서 길을 잃다

숲으로 들어간 사람들은 좀처럼 밖으로 나오지 않는다
그윽하고 어두운 초록 터널이 미로처럼 엉겨 있는,
고개를 두리번거릴 때마다
나무들로 뒤덮인 하늘이 비안개를 내뿜으며 깊은 숨을 쉬
는
그 숲엔
융단 같은 이끼를 온몸에 두르고 있는 오래된 비자나무들
이 있다

누구나 숲에 한번 발을 디디면 길을 잃거나
그 둥그런 세계에 금방 속하게 되고야 만다
그 안에서는 오래 화석처럼 서서 몇백년 동안
푸른 열매를 떨구어내는 일이 아주 쉽게 느껴지기도 한다

비자향은 미혹에 가깝다
축축한 땅 위에 가득 흩어져 있는 푸른 열매들은
몸을 쩍쩍 가르며 어질머리 나는 향기를 내뿜는다
그 혼미함을 떨쳐내기란 잘 다스려지지 않는 마음을
오래 끌고 다니는 일만큼이나 어렵다

어디 먼데 여행이라도 다녀온 듯한 나무들,
누구도 저 비자나무들처럼 그렇게 멀리 떠날 수는 없다
팔다리가 몸에 다 엉겨붙도록
한자리에 오래 서 있어야 한다는 것,
숲으로 들어간 사람들은 먼곳에서 돌아온 듯한 얼굴을 하고
비자나무 사이를 천천히 걸어나온다

능내리

아픈 육신은 강이 있는 능내리, 비 내리는 풍경에 가닿는다

어둠속에서 물안개를 뭉텅뭉텅 피워올리던 그곳 양수리까지 강은 빗속에서 물길을 만들며 깊어가고, 비가 많이 오는 날 강에 나가보면 물위로 굽이굽이 긴 띠를 만들며 나 있는 길 무엇이 지나간 자리처럼, 물色이 다른 길을 만들어내며 상류로 사람의 마음을 끌어들이는 곳

강이 내는 신음소리는 물안개 아래 묻혀 아무나 들을 수 없는 것 병이 깊은 자만이 들을 수 있는 그 소리를 뒤로 하고 집으로 돌아오는 길, 새벽에 북한강으로 달려가 거기 어지러운 마음 다 부려놓고 돌아와도 물안개 내음이나 새벽의 한기 어둠의 입자 같은 것들은 옷자락에 묻어 함께 따라왔다

자정 넘어 열에 들뜬 몸을 이끌고 새벽강으로 달려가면 강 건너 산등성이는 늑골을 들썩이며 웅크리고, 물안개는 강기슭을 지우고 들풀을 지우고 사람의 얼굴을 없애며 강의 하류로 흘러 새벽 능내리에 와 닿는다

황강을 지나다

모래알들이 힘겹게 흐르는 물을
떠받치고 있다

내 찾는 영암사터는 멀고 깊어서
가회 행 이른 버스는
얇은 한지처럼 드러누워 흐르는
가장 낮은 강의 물살 따라가고

누가 저토록 낮게 엎드려본 적
있을까
모래펄 위로 간신히
간신히 흐르는 황강

無言歌처럼 내리는 여름비와
몇송이 상사화와 상감빛 수국이
기다리고 있는
늦은
황매산 자락

죽음 위의 生
우중 엽서

비를 맞으며 죽은 이의 영혼을 달랜다는 진도 씻김굿을 보
았습니다 혼을 불러들여 고를 풀어주고, 영돈말이를 하고,
물로 그 혼을 씻어주는 이슬털기가 이어지는 동안 내내 굵은
빗줄기가 이승과 저승을 오가며 아프도록 어깨를 두드렸습
니다 여름숲의 무성한 잎사귀들이 퉁겨낸 빗방울들은 어느
덧 강이 되어 우면산 기슭은 남해바다가 되었습니다 멀리 해
일이 몰려왔습니다 긴 무명필 위로 난 길로 亡者는 저승의
문을 향해 천천히 발걸음을 옮겼습니다 비와 춤과 巫樂이 어
우러진 한때, 비 맞은 나무껍질처럼 얼룩진 육신은 무명필
위로도 올려놓을 수 없어 욱신거리는 어깨뼈를 만져보며 길
게 이어진 옥양목 위의 길을 더듬더듬 걸어 내려왔습니다 치
자꽃보다 흰 隧道를 꿈결인 양 걸어봅니다 멀리 꽃상여 나갔
던 길 환해집니다

자 리

무엇이 있다가
사라진 자리는 적막이 가득하다

절이 있던 터
연못이 있던 자리
사람이 앉아 있던 자리
꽃이 머물다 간 자리

고요함의 현현,
무엇이 있다 사라진 자리는
바라볼 수 없는 고요로
바글거린다

꽃의 안팎을 뒤적이다

흰색 붉은색 고마리와 쑥부쟁이 길섶에 아른하게 깔려 있
는 서삼릉 앞 들길에서나 며느리밑씻개 개여뀌 가득 엎드려
있던 수회구곡 논둑길에서, 한 계절이 지나면 다 스러져 마
른 꽃대궁 버석이며 풀씨만 허허롭게 날릴 것들을 만지고 쓰
다듬고 코를 갖다대며 꽃의 체온을 올려놓았습니다 그래도
꽃들은 꿈쩍도 하지 않았죠 내가 그 속에 들어가 오그리고
있다고 해도 누가 꽃의 부피를 의심할까요

타닥타닥 가시여뀌의 붉은 알갱이들은 튀어오르며 제 까
끌까끌한 털로 손바닥을 간질였습니다 꽃잎을 접고 앉아 있
는 투구꽃 보랏빛을 살금살금 다가가 잡으면 반질한 꽃기름
이 손끝에 가루처럼 묻어나왔죠 그 꽃잎 열고 들어가 두근거
리며 한 세상 몰래 엿보다가 그 자리에서 꽃가루가 되어버리
고도 싶었죠

가야물봉선 노랑물봉선이 붉고 노란 빛깔로 각자 호른을
낮게 연주하고 있는 도랑길에서 나는 한마리 들짐승처럼 목
을 축이고 손을 적셨습니다 하루 종일, 각시투구꽃의 투구를
써보고 여뀌의 넝쿨을 타고 며느리배꼽 푸른 열매를 간질이
며 꽃의 안팎을 어질러놓고 다녔죠

다저녁의 붉은빛이 나뭇잎 사이를 뚫고 들어와 가슴을 관

통해 지나가도 통증을 못 느끼는 이 하루는 길고도 아파 누
가 꽃 속에 웅크린 내 마음 알 것이며 욱신거리는 꽃의 속을
의심이나 할까요

물 속의 달

메타세쿼이아가 달빛에 검게 빛나는
밤의 국도변

마곡사쯤에서 길 놓아버리고
달 따라간다

달을 지나가는 여행,
멀리 불빛 휘황한 저 도시에
그가 잠들어 있다

달이 나를 데리고 천천히 가는,
들의 비닐하우스가 밤바다처럼
빛나는
황악산 지날 때

막 내 곁을 떠나 뒤로 가는
저 물 속의 달

메타세쿼이아가 검게 출렁이는
밤의 국도변

제 3 부

새벽 네시는 왜 나를 깨우는가

잠에서 깨어나면 늘 새벽 네시의 희뿌윰한 달빛과
기차소리가 있다
기차소리가 지나간 다음 새벽 네시는
사람의 옆모습을 갖다놓거나 분홍빛 상사화의
꽃대를 분질러놓기도 한다

새벽 네시는 왜 나를 깨우는가
한때 자막 없는 흑백영화와 우울한 음악 사이를
지칠 때까지 헤매다니다가 쓰러지곤 한 시간,
그 시간이 나를 찾아와 머리맡에 검은 옷자락을
늘어뜨리고 말없이 우두커니 서 있다

내가 네시의 전언을 다 헤아리지 못해
어느 시집의 곳곳을 하릴없이 돌아다니다가 그만
한사람의 가장 비밀한 부분을 보아버렸을 때,
나는 새벽으로 난 길을 끊어버리고 다시
내 안으로 깊숙이 돌아와버렸다

새벽의 끝에서 또 한번 기차소리가 들려왔고

내가 가지 못한 새벽길은
달빛에 희게 번쩍이며 멀리 구부러진다
사람이 가지 못한 모든 길은 새벽에
저 혼자 하얗게 빛난다

오동나무를 바라보는 일

오동나무
내 앞에 서 있던 가을의 오동나무
한번도 그렇게 가까이는 다가갈 수 없었던
오동나무, 몸으로 나무의 체온을 재어보면
내가 알 수 없는 문자들로 가득한
나무의 말들, 답답하여

오동나무 아래 오래 서 있어
내가 오동의 풍경이 되고자 했다
누가 천산산맥을 하늘에서 보았다고 했을 때
내 몸이 천산북로로 눕는 것을 꿈꾸었듯

나와 너무 가까이 있어 내 두근거림을 들을 수 없었던
너무 오래 서 있던 오동나무의 그늘
오래도록 쓰다듬던 그 나무의 껍질을

오동나무 아래를 서성이며
죽음도 추억도 아닌
나무인 오동을 보고자 했다

몸 살

몸에 열꽃이 핀다

모래바람이 불고 있다
온몸에 가시처럼 박혀오는
금빛 가루들
헉 헉, 숨이 막힌다

사막은 붉은 바다
잔인하고 아름다운 것들로 가득 차 있다
전갈좌도 사수좌도
그 위에 다 떨어진다

목 안에 모래가 가득하다
뜨겁고 붉은 그것들을 삼키면
몸이 악기가 되어
하나하나 울린다

황홀하게, 열에 들떠
내 몸이 부르는
노래들……

벚꽃나무가 내게

모리스 장드롱은 첼리스트다
그의 연주를 듣고 있으면
벚꽃나무가 생각난다
첼로의 숲에 그의 나무를
심어놓지 않아 섭섭했다고
시인 장석남이 편지를 보내왔다
(그의 연주는 너무 프랑스적이라
사실 나를 사로잡진 못했지만)

벚나무 아래 누워본 적 있는가
낙화가 곧 개화인 벚꽃나무
지난봄, 산길을 걷다 그 아래
자리도 깔지 않고 그냥 누워버렸다
벚꽃잎들의 낙화,
그 아스라한 순간들……
바람이 눈길만 주어도 꽃잎들은
솨 사방으로 흩어졌다

얼마나 더 가벼워질 수 있는가

꽃잎 지는 소리가
세상을 고요하게 만들었다
너무 가벼워, 지상에 내려앉을 때까지
하염없이 허공을 맴도는
꽃잎들의 群舞……
꽃잎들은 춤을 추며
벗나무 아래 누워 있는 나의 몸을
툭 툭 치고 지나갔다

꽃잎이 치고 간 자리가 한동안
욱신거렸다 비 온 뒤,
희끗희끗한 꽃잎의 잔해들이
흙 속에 박혀 있었다 나무들은
언제 그런 일이 있었냐고 시치미를 떼고
쑥쑥 자란 잎사귀들을 펼쳐
하늘을 가렸다

꽃 다 진 벗나무 아래
고개 숙이고 마음자리를 더듬으며

어슬렁거릴 때
툭, 무언가 어깨를 건드렸다
까맣게 익은 사분음표,
꽃의 종기인 버찌
나는 그날 꽃나무의 말 하나를 배우고
산을 내려왔다

정원사

첫날 장미를 택했다
장미의 살점을 똑 똑, 뜯어냈다
하나, 둘, 셋, 넷……
떨어져나온 살점이 끔찍하게 예뻤다
잘못 두 장을 겹쳐서 뜯어낼 땐
가늘게 비명소리가 들려왔다

마흔하나,
장미는 다른 꽃이 되었다

나만이 이 비밀을 알고 있다
넓은 정원

밤, 달빛, 길

달빛이 주르륵 흘러내렸다
샛노란, 붉은 기운을 더해가며 아래로 내려가는
달의 상한 노른자위
검은 산 아래로 빨려들어가는 노란빛의 덩어리,
달은 노랗고 불그레한 살을 어두운 바다에 풀어놓는다
길들이 뿌옇게 잠긴다

느티나무 근처에서 상복 입은 사람들을 지나쳤다
얼마 안 가 불빛이 환했다 마당 어귀에서
장작불을 피워놓고 유령처럼 서성이는 사람들,
고령산 어디쯤에서 상엿소리가 나는 찬바람이 불어왔다
법원리나 여우골은 달을 등지고 가야 하는 곳
비암쯤에서 다시 길을 구부리면
우두커니 커다란 몸에 시멘트를 잔뜩 바르고
상주처럼 서 있는 느티나무 아래에서
누가 상가를 묻는다

반밖에 차지 않은 달은 끈적한 핏덩어리를 주룩 쏟으며
흘러내리고 있었다

달이 차기도 전에 붉은 것을 쏟아내고 있었다
달빛을 받으며 아이들이 자란다
달빛 아래 피로 물든 아이들,
홍건한, 달빛을 닦아주어야만 눈을 뜰 수 있다

달의 노른자위를 터뜨리지 말 것,
아이의 눈을 찌르지 말 것,
밤의 나무들에게 상복을 입히지 말 것,
상엿소리를 삼키며 달빛은 아래로 아래로
지옥까지 잠겨간다

흉 터

몸의 흉터에는 길이 있다
그 사람에게로 걸어들어가는 길이 있다
흉터를 만져보면

때로 흉터는 옷 속에 숨어 있거나
손목시계 아래 감추어져 있다
누가 몸의 흉터를 만져보라고 했을 때,

흉터는 경전과도 같은 말을 가지고 있다
식물처럼 자라기도 한다
가끔 설명되지 않을 때도 있지만

목 잘린 해바라기들이
쭉 서 있는 아파트의 화단 앞을
흉터를 지닌 사람이 걸어간다

해바라기의 목인 줄도 모르고
사람들이 그걸 들고 다닌다
해바라기는 온전하게 제 흉터를 드러내놓지만

아무도 그것을 읽으려 들지 않는다
만져보려 하지 않는다

카프카 1

1

환하게 쏟아져 들어오는 햇빛을
어두운 꽃무늬 커튼으로 가리고

내 몸을 들여다보며
그를 괴롭히네

해가 중천에 이르도록 누워 있는 외로운 사내여

2

너무 오래 가두어 두었다
커다란 머리 속에 갇혀 허덕이는 육체는

이제 밖으로 나온다 해도 결코
삶에 도달할 수 없다

봄의 陰畵

바람이 나를 자르고 지나가는군
비는 몸통을 비스듬히 뚫어놓고 달아나는군
아아 목에서 늑골까지 물이 새고 있다

꽃잎이 뺨을 사정없이 후려치고 사라진다
풀들은 뼈 사이 발바닥을 뚫고 솟아오른다
모란은 삭정이들을 툭 툭 부러뜨리며
사지를 절단한다

목련 꽃망울에서 구정물이 떨어졌다
하늘이 노랬다 솜털이 가시처럼 다 일어서 있다
딱딱하고 둥근 방안에서 뾰족한 손발이
몇개씩 돋아났다

검은 꽃잎이 조금씩 벌어졌다 누가
가슴을 열고 소금을 뿌린다
까마귀 날갯죽지가 하얗게 변한다
달이 뻘겋게 부풀어올랐다 꽃잎들
상한 잎을 매달고 견디는 캄캄한 봄날

말라버린 태아

부조리 연극의 무대 위에서
조명을 받으며 서 있는 배우처럼
혼자 밥을 먹는 시간

현실은 몽롱하고
꿈은 생생하다

詩를 쓰고, 누워 있고, 밥을 먹고, 일을 한다
깨어나면 꿈이다
(세상에 꿈이라니
이걸 꿈이라고 꾸다니)

난 꿈을 산다
너무 생생한 현실은 꿈이 아닌가 의심해보아야 한다

다시는 무엇으로도 태어나지 않았으면,
두 번 다시 이 어두운 세상을 떠돌지 말았으면

시간은 빠르고

고통은 오래간다

나는 노파처럼 누워 천정을 바라본다
내 숨소리를 듣는다

무덤 속,
말라버린 태아

진불암

얼핏 풍경소리가 났다
밤바람이 부나 방문을 열어본다
바람이 보일 리 만무한데,
별이 나더러 무심하라 가르친다
적막과 소름이 몸을 바꾸는
한밤의 진불암
손전등으로 대숲을 비추어본다
……거기, 내가 서 있다

바람도 불지 않는데 촛불이 흔들린다
풍경소리……
이제 방문을 열지 않는다

香寂堂에는 아무도 없다

카프카 2

봉선화 붉은 잎이 달빛에
뚝 뚝 떨어지고 있었다
달빛은 봉선화 붉은 잎을 떨어뜨리고
내게로 들어왔다

달이 둥글게 자라 너를 괴롭힌다
달은 자꾸 오른쪽으로,
나는 왼쪽으로 몸을 구부린다
괴로움이 늘어난다

화분의 꽃들이 달빛에 시들해진다
떨어진 꽃잎들이
달빛에 타들어가고 있다
보리가 파랗게 자라 너를 괴롭힌다

지도를 어지럽히다

이곳에서 서울행 열차를 몇번이나 탔을까
사람들의 얼굴을 덩그러니 매달고
밤기차는 도시를 파랗게 가로지른다
히말라야시다 가지들이 손 뻗칠 수 없는 곳으로 멀어진다
폭설에 빛나던 나무의 뿌리들

검은 바다를 환하게 뒤집어놓던 집어등 불빛 앞에서도
어느덧 고요를 탐하던 마음,
빈 나뭇가지에 매달려 밤새 반짝이던 알전구들과
창에서 흘러나오는 불빛의 고요한 소란스러움이
오래 나를 괴롭혔다

히말라야시다 어두운 그늘이 폭설로 뒤덮였다
그때 거기를 떠나야 했다
길에 홀린 마음이 지도를 어지럽히며
풍각 지난 어디쯤을 헤매일 때
전조등 불빛조차 꺼버리고
환하게 쏟아져내리던 어둠을 두 팔 벌려 받아내던 곳,

히말라야시다 검은 잎들은 무엇으로도 가벼워지지 않는
다
눈이 녹으며 무거움 쪽으로 한껏 기울어지는
그 소리를 아주 먼 곳에서도 들을 수 있다
지도를 펼치면
꿈틀거리며 내장처럼 얽혀 있는 어두운 길들

무덤 속

물 속 같고
무덤 속 같다
내가 숨쉬고 있는 이 집

무덤 속에 누워
하루하루 여위어가는 달을 본다
건넛집 옥상에서 하늘을 이고 솟아오르는
저 향나무에도 내가 맡는 건
죽음의 냄새,

창을 열면
내 텅 빈 눈구멍 위에
거미가 얽어놓고 가는 전깃줄,
하늘은 너무 흐려
도무지 그 속을 볼 수 없다
새 한마리 날지 않는다

종일 전화벨 한번 울리지 않고

혹시 내가 죽은 건 아닐까
나만 살아 있다고 잘못 알고 있는 건 아닐까
여긴 나의 무덤,
난 살아 있는 幻을 보고 있는 게 아닐까

봄날 나의 침묵은

불행이란 몸을 가짐으로써 시작되는 것
몸이 없다면 어디에 불행이 있을 수 있을까*

봄날 나의 침묵은 꽃 핀 나무들로 인한 것,
하동 근처 꽃 핀 배나무밭 지날 때만 해도
몸이 다시 아플 줄 몰랐다
산천재 앞 매화나무는 꽃 피운 흔적조차 없고
현호색은 아직 벌깨덩굴 곁에 숨어 있다
너무 늦거나 빠른 것은 봄꽃만이 아니어서
한잎도 남김없이 만개한 벚꽃의
갈 데로 다 간 흰빛을 경멸도 하다가
산괴불주머니 텅 빈 줄기 푹 꺼져들어가는 속을
피리소리처럼 통과해보기도 하다가
붉은 꽃대 속에 갇혀
빠져나오지 못하고

몸이 견딜 만하면 아팠던 때를
잊어버린다 내 몸이 늘 아프고자 한다는 걸,
누워 있으면 서 있을 때보다 세상이 더

잘 보이는 이유를 또 잊어버린다
통증이 살며시 등뒤로 와 나를 껴안는다
몸을 빠져나간 소리들 갈데 없이 떠도는
꽃나무 아래

  * 노자 『도덕경』에서 인용.

제 4 부

사막의 입구인 사강에서는

겨울 서해에서 사막을 보았다

지도를 펼치지 않아도 사강이나 비인쯤이면
벌써 바다 내음이 난다

뻘밭 위로 눈보라가 몰아쳤다
섬은 삽시간에 눈도 뜰 수 없는 흰 모래폭풍에 휘말렸다
뻘밭을 하얗게 뒤덮고 살갗을 파고들며
머리칼을 공중으로 치솟게 하는 흰 모래바람의 세례,
몸 숨길 데 없는 사람들을 떠밀어 쓰러뜨리는
저 억제할 수 없는 광포함을, 뿌옇게 시야를 가로막는 막
막함을
무엇으로 다스려야 하나

물위로 난 길을 건너 어둡기 전에 사막을 빠져나오는
낙타의 행렬
꼬리에 꼬리를 물고 서 있는 불빛들,

사강을 벗어나기란 머리카락이 다 희어지도록

오랜 시간이 필요한 것일까
저물녘 밖을 내다보고 있으면
창 밖 풍경이 어느덧 창 안 풍경이 되어 있다
어둠의 저쪽에서 이제 안을 들여다보는 시간,
손바닥으로 불빛을 가리면 손바닥만한 밖의 어둠이
겨우 드러날 뿐

젖은 아스팔트 위를 느리게 지나가는
자동차 바퀴들이 내는 음울한 소리들,
우리는 사강에 갇혀 있다
사막의 입구인 사강에서는 누구도 함부로 빠져나갈 수 없
는 법
제부도를 가리키는 이정표에 내 한해를 물어보았던 날 저녁,
길 위에서 밤은 깊어

꽃이 진 후에

무슨 일이 일어났을까
꽃이 진 후에

꽃이 진 후의 일들을 나 이제 겪어야 하네
달콤하고 수상쩍은 냄새가 났던 봄밤

봄날 누워서
꽃이 피는 소릴 들으며,

머리를 빗고 일어나 나가보면 천지에
꽃들 이미 다 져버린 뒤

바람소리를 듣지 못하는 귀를 가지게 되었네
꽃이 진 후에

流 謫

오늘밤은 그믐달이 나무 아래
귀고리처럼 낮게 걸렸습니다
은사시나무 껍질을 만지며 당신을 생각했죠
아그배나무 껍질을 쓰다듬으면서도
당신을 그렸죠 기다림도 지치면 노여움이 될까요
저물녘, 지친 마음에 꽃 다 떨구어버린 저 나무는
제 마음 다스리지 못한 벌로
껍질 더 파래집니다
멍든 푸른 수피를 두르고 시름시름 앓고 있는
벽오동은 당신이 그 아래 지날 때,
꽃 떨군 자리에 다시 제 넓은 잎사귀를
가만히 내려놓습니다
당신의 어깨를 만지며 떨어져내린 잎이
무얼 말하고 싶은지
당신이 지금 와서 안다고 한들,
그리움도 지치면 서러움이 될까요
하늘이 우물 속 같이 어둡습니다

어둠속

어둠은 어디에서 오는가
한때 어둠속에 있는 것들이 꾸는 모든 은밀한 꿈을 나는
들여다보려 했다
어둠속에서 어루만지게 되는 풍경과 소리없는 존재들,
어둠이 각인시킨 기억은
불에 덴 자국을 남기며 오래 그것들을 들추어보게 한다
내 몸에 새겨진 어스름과 밤의 긴 시간들
다만 빛의 조화 속에 놓여 있는
그것들을 끄집어내려면,

빛과 어둠 사이에서
우리들의 불안은 오래 망설인다
어둠이 풀어놓는 세계는 눈부셔 거기에 빛을 조금이라도
떨어뜨리면
불현듯 눈앞에 다가서는,
불탄 부처의 일그러진 얼굴이나
길가의 삼층석탑과 모습을 드러내지 않는 저수지,
삶을 쓰라림으로 떠올리는 사람의 내면은
어떠한가 물 떨어지는 소리 크게 울리는

동굴처럼 웅웅거리는 그 속을 들여다보지 않아도 알 수 있
다
　　빛이 왔다 사라지는 하루
　　뒤엉킨 느티나무가 몸을 서서히 드러내는 시간
　　어둠과 빛을 섞어 어루만지면
　　숨을 크게 쉬며 부풀어오르는 기억들

　　내 몸에서 뭉클뭉클 흘러나와
　　순식간에 파고드는 이 어둠은

봐라, 아이들이 소독차를 따라간다

소독차가 왔다
눅눅한 여름날 저녁
동네 아이들이 슬리퍼를 끌며 뛰어나간다
꽁무니에서 하얀 안개를 뭉텅뭉텅
뿜어내는 흰 차를 쫓아서

마술피리 소리에 혼이 나가
저녁 끼니도 잊은 채
집에서 멀어지는 줄도 모르고,
피리 부는 사람이 몰고 온 수상쩍은 흰 차는
아이들을 몽땅 다 데리고
마을을 빠져나간다

저녁 밥상에서 아이들의 밥이
식어가고 있다

소독차는 아이들의 어린 영혼을
하나도 남김없이 다 데리고
달아난다

하하하,
아이들이 웃으며 기뻐 날뛰며
따라가는 소독차

바람의 길

창 밖에 바람이 불고 있다
웅 웅
불길하게, 지상의 모든 전깃줄을 다 쓰다듬으며
바람은
이승의 옷자락을 흔들어대고 있다

검은 비닐봉지가
창 밑에서 휙 솟았다 날아간다

이런 날이면 바람의 길을 묻는 자들이
길가에 무리지어 나와
우두커니 서 있다가
집으로 들어가기도 할 것이다

아주 높은 곳에서
바람의 길을 바라보고 있는 자가 있다
바람의 길 저쪽에
나를 아는 누가 서 있다

속삭임

언덕 위의 백양나무 숲을 따라 걷고 있었고
들개가 나를 따라오고 있었고
달이 둥글고 눈부신 환을 만들며 왼쪽에서
오른쪽으로 빛을 쏘아대고 있었다
환한 밤이었고
푸른 달빛으로 치장한 백양나무 잎들이
바람의 말을 끝없이 속삭였다
얼핏 자운영 향기가 났다
오래 전 꿈속에서 꼭 한번 와본 듯한 곳,
이정표가 세워져 있었고
사람의 이름 같은 그 글자를
소리내어 읽었을 때,
눈을 뜨자 흰 이정표 위에 씌어져 있던 지명은
연기처럼 날아가버리고
꿈에서의 기억은 두 번 다시 더듬을 수 없는 것
그곳의 이름을
그 암호 같은 지명을 꿈결에 외친다 해도
내 귀가 그것을 귀담아들을 것인가
들개가 어슬렁거리며 나를 따라오던 그곳

下 弦

— 사람이 아는 것은 그가 알지 못하는 것에 미치지 못한다

몸이 다시 바스러지기 시작했다
하늘 저편에 먼 산인 듯 떠 있던 저물녘의 구름을 기억하
는가
그날 이후 마음 한쪽에 늘 통증을 느낀다

차가운 책상에 엎드려
쏟아놓은 눈물로
유리 위에 거미줄을 그릴 때

모든 것을 다 알아야 하는 것은 아니다
견딤만으로 한 생이 이루어진다는 것은 치욕이지만,

심장 가까이 관통상을 입은 채
화살의 끝을 움켜쥐고
조금씩 피 흘리며 돌아왔다

일그러진 하현달이 젖어 무거운 몸을 길게 비추었다

자고 일어나 피 다 빠진 흰 몸에서
천천히 화살을 뽑아냈다 부러진
뼈가 하나 덜그럭거리며 따라나왔다

새들은 천천히 날아올랐다가 날개를 접고
총에 맞아 떨어지는 것처럼
전 존재를 내던지며 추락했다

삶이 내게 쓰는 속임수를 나는 알고 있다

순교자

1

그것은 나의 귀로 들어와
내 눈을 흐리게 해놓고
가슴 한쪽을 지그시 눌렀다
옷을 벗으면 몸의 여기저기에 묻어 있는
더러운 자국들,
말들이 달라붙어 나를 더럽힌다

커다란 흡반의 구멍으로 글자들이
뭉텅뭉텅 쏟아져나왔다
앞이 안 보였다

눈을 뜨면 기다렸다 목을 조르는
내가 쓰고
사람들이 쓰는
나를 더럽히는
말,
죽은 듯 누워 있다고 용서가 될까

세상은 너무 일찍 더럽혀졌다

                          2

꽃나무 아래
천천히
한사람이 지나간 자리,

그가 하지 않은 말들이
소리없이 흩어져내리는 환한
그 자리에

섬에서의 백년

저물 무렵 마라도의 바다는 계면조,

섬들은 바람을 타고 바다 위를 떠돌아다녔다
풀밭에 엎드려 귀가 얼도록 갯쑥부쟁이와 엉겅퀴의 생존
전략을 읽고 있을 때
해안선은 바위를 부수고 하얗게 공중으로 구부러져
소리의 높고 낮음 위에 걸쳐졌다
절벽 아래 와닿는 것들은 모두
흰 재가 되어 날아올랐다

쑥부쟁이는 바람에 제 살을 한점씩 떼어주고
나는 쑥부쟁이에 대한 경배로 그곳에 검은 돌을 둥글게 쌓아
꽃잎업개당을 만들어주었다

비바람에 살 다 내어주고 긴 등뼈로 남아
뭍을 바라보고 누워 있는 아기업개의 흰 뼈,
아기업개가 본 마라도는 불빛 하나 없었고
바람 한줄기 피할 데 없었을 텐데 울음소리가
온 섬을 뒤흔들었을 텐데

마라도의 겨울밤은 칠흑의 세상,
언덕 위의 억새 풀밭과 분홍 십자가의 교회당과 무덤을 지나
하얀 등대가 있는 섬의 동쪽으로 가면
여섯 줄기 등대 불빛은 먼 섬의 불빛과 부딪쳐
유리잔 울리는 소리를 낸다 등대 아래 누워
어두운 불빛들을 바라보면
돌담 아래 어지러운 수선화 향기는
마을 곳곳에 숨어 있는 꽃들을 다 불러모은다

길 끝에 바다가 있다
슬픔이나 고요의 안쪽을 건드리며 기울어가는 햇빛은
멀리 보랏빛 바다와 길을 이어준다
마구 부딪치고 으스러져
흰 거품이 되어버리는 섬

마라도에서 파랑주의보의 서쪽 바다는 아쟁소리를 낸다

다만 그리움을 아는 이만이

밤하늘에 난 저 무수한 상처들,

저걸 다 만져보고 있노라면
내가 파릇파릇 살아난다
눈이 떠지는 이 환함……

잔혹한 태양과 감미로운 바람,
감미로운 햇살과 뼈가 삭아내리는
잔혹한 바람 사이를 오가며

오후 네시,
하루가 가진 모든 것을 다 함축해놓은 시간

길에 미친 내 불안한 영혼을
지그시 눌러주는 음악들

꽃이 핀다
현실만으론 충분치 않다

몸

봄날 하루,
꽃들 불러내어도 꼼짝 않고 누워 있습니다
벌과 남방노랑나비와 새들이 보란 듯이
안팎의 경계를 넘나듭니다

견딜 필요가 없는 일을
견뎌내는 일,
이것이 내가 봄을 넘어서는 방법입니다

지금이 아니면 때를 놓친다는 경고에도
흔들리지 않지만,
않지만

사실 욕망을 제어하는 장치를 나는 가지고 있습니다
그것이 내 몸이란 것을
아직 누구에게도 말해본 적 없습니다

유도화 긴 잎으로

유도화 긴 잎으로 내 가슴을 찌르고 싶다
그러면
고여 있던 말들이 콸콸 쏟아져나올까
내가 세상에 내어놓은 말들이
파들파들 경련을 일으키며 마구 뛰어다닐까
그걸 다 끄집어내고 나면
냄새도 나지 않는다지 썩지도 않는다지
아름다운 몸만 아슬아슬 남는다지
그 자리에
진통제 대신 해와 바람과 시간을 채워넣으리라

그러면 나는 오동 어두운 나무 두 그루를
양옆에 세워두고
천년이 넘도록 오래오래
말없는 자의 지복을 누리겠네
빈 몸 따스하겠네
그땐 무얼 말하고 싶어지겠네
갈대를 타고 긴 강 건너지 않아도 좋으리
다라수 잎사귀에 새겨진 經을

읽지 못해도 좋으리

유도화 잎도 나처럼
맥이 잘 잡히지 않는다

魚飛山

물고기의 등에 산이 솟아올랐다
등에서 산이 솟아오른 물고기는 幀畵 속에 있다 고구려 고
분 벽화 속의 물고기는 날개를 달고 있었다

탱화 속의 물고기를 나는 보지 못했지만 언젠가 커다란 산
을 지고 물 속을 떠다녔던 적이 있는 것 같다 밤낮으로 눈을
감지 않아도 등에 돋아난 죄의 무게는 가벼워지지 않았을 것
이다

魚飛山에 가면 물고기들이 날아다녔던 흔적을 볼 수 있을까
산에 가는 것을 미루다 물고기의 등을 뚫고 나온 사리를
본다 물고기는 뼈를 삭여 제 몸 밖으로 산 하나를 밀어내었
다

날아다니는 물고기가 되어 세상을 헤매고 다녔다
비가 쏟아져내리면 일만 마리 물고기가 산정에서 푸덕이
며 금과 옥의 소리를 낸다는 萬魚山과 그 골짜기에 있는 절
을 찾아가고 있었다

하늘에 떠 있는 일만 마리 물고기떼의 적멸, 폭우가 쏟아
지던 날 물고기들이 내는 장엄한 풍경소리를 들으며 만어사
의 옛스님은 열반에 들었을 것이다

탱화 속의 물고기와 어비산과 만어사가 내 어지러운 지도
위에 역삼각형으로 이어진다

등이 아파오고 남쪽 어디쯤이 폭우의 소식에 잠긴다 萬魚
石 꿈틀거리고 눈물보다 뜨거운 빗방울은 화석이 된다

비밀의 숲, 존재의 시간성

어둠속에 있는 것들이 꾸는
모든 은밀한 꿈을 나는 들여다보려 했다
　　　　　　　　　──「어둠속」

홍 용 희

　모든 사물은 독자적인 존재성을 지니면서 동시에 상징의 약호로서의 기능을 담당한다. 보이는 현상은 보이지 않는 심연과의 상응관계 속에서 존재하기 때문이다. 우리가 유형의 사물을 통해 무형의 창조적인 카오스의 세계를 유추하고 환기하는 까닭도 여기에 있다. 물론, 이때 드러난 현상은 숨은 근원의 표징으로서의 소극적인 의미만을 지니는 데 그치지 않는다. 이를테면, 신전이 거기 있음으로써 신이 신전 가운데 현존할 수 있는 것처럼, 드러난 현상을 통해 드러나지 않은 무한이 통일적인 의미를 부여받으며 세계-내-정립된다. 세계의 개진은 은폐된 대지성을 암시하고 은폐된 대지성은 세계의 개진을 추동하는 원동력이다. 밝힘과 숨김, 현상과 본질, 이성과 신비, 천상과 지상, 육체와 영혼의 이항

대립적인 항목이 사실은 하나의 몸체의 서로 다른 측면에 해당된다고 할 것이다. 감각적인 현상의 체내에는 아직 잉태되지 않은 시원에의 유비체계가 내재되어 있다. 따라서 세계에 대한 온전한 통찰은 감각적인 현상에 그치지 않고 유비체계의 사다리를 타고 비밀스런 시원의 숲을 감청할 때 가능해진다.

조용미의 시적 상상력이 발아하는 자리는 여기이다. 그에게 외부세계는 상징의 숲이다. 모든 사물은 침묵 속에서 떨려오는 그윽한 다음향의 화음과 교감한다. 그의 시선은 지금 여기에서 이면의 아득한 저편을 응시하고 감지한다. 이를테면, 그에게는 단순한 정원도 예사롭지 않은 비밀의 정원이다.

> 첫날 장미를 택했다
> 장미의 살점을 똑 똑, 뜯어냈다
> 하나, 둘, 셋, 넷……
> 떨어져나온 살점이 끔찍하게 예뻤다
> 잘못 두 장을 겹쳐서 뜯어낼 땐
> 가늘게 비명소리가 들려왔다
> 　　　　(중략)
> 나만이 이 비밀을 알고 있다
> 넓은 정원
>
> 　　　　　　　　　　　　──「정원사」 부분

시인에게 정원의 모든 사물은 숨겨진 비밀세계의 표지이며 입구이다. 정원의 한송이 장미까지도 은폐된 어둠의 비의를 머금고 있다. 그래서 장미의 형상이 영혼과 감각기관을 지닌 생명체로 의인화되고 있다. 장미에게서 끔찍하게 예쁜 '살점'이 떨어지기도 하고, 가는 '비명 소리'가 들려오기도 한다. 장미의 비명소리는 장미의 내밀한 근원의 세계에서부터 울려나오는 메아리이다. 보이지 않는 신비한 무한의 세계가, 장미라고 하는 보이는 유한을 통해 표현되고 있는 형상이다. 장미가 상징의 꽃이 되면서 '넓은 정원'은 깊고 웅숭한 비밀의 정원이 된다. 이 '넓은 정원'의 비밀을 아는 이는 누구일까? 시인은 스스로 "나만이 이 비밀을 알고 있다"고 진술한다. 시인이 흥미를 갖고 몰입하는 세계는 정원의 외양의 풍경이 아니라 자신만이 알고 있는 숨겨진 그 이면의 풍경인 것이다.

'넓은 정원'의 비밀을 감지하는 정원사, 조용미의 시 창작의 입각점은 바로 여기에서 비롯되는 것으로 보인다. 다시 말해, '넓은 정원'의 지금 이곳의 풍경이 아니라 숨겨진 저편의 심연을 추적하는 정원사의 감각과 시선이 조용미의 시세계의 기본적인 창작 원리이다. 그의 시세계의 대상들은 대체로 이곳으로부터 아득히 먼 다른 곳을 향한 상징의 문턱으로 존재한다.

　　지난 겨울 어디에서나 내 가는 길 끝에 오동나무가 서 있었다
　　죽장 다녀오던 길, 알 수 없는 碑文들과 어떤 이의 무덤이 견고한 城砦를 이루고 있던 그 길 앞에 一柱門처럼 서 있던 두 그루 오동나무
　　밤이면 봉황이 깃들여 오동나무 텅 빈 열매들 주렁주렁한 가지마다 금빛가루를 터뜨리고 오동나무 몸을 빌린 악기들은 죽은 자를 위해 달빛 아래 弦을 뜯을 것이다 구름은 어두운 하늘을 천천히 흐를 것이고
　　오동나무가 서 있는 곳에서부터 뻗어나가는 낯선 길들,

텅 빈 棺, 짚신, 모자, 구리반지, 그리고 襚衣…… 죽은 자의
방을 오래 들여다보고 있을 때 겨울 정오의 햇살이 찌르듯 나
를 관통해 갔다

죽은 자와 산 자 사이에 놓여 있는 內通門, 그 좁은 길, 오동
나무 곁에서는 죽음조차 가볍다

—「겨울 오동나무」 전문

이 시의 구성 내용은 세 부분으로 나누어진다. 여기에서 시적
대상인 '겨울 오동나무'의 실재가 등장하는 부분은 전반부에 한
정된다. 중반부는 어둠에 둘러싸여 보이지 않는 밤의 오동나무에
대한 상상의 개진이고, 후반부는 오동나무가 인도하는 '낯선 길
들'의 풍광에 대한 묘파이다. 이 시는 '오동나무'를 중심 대상으
로 하고 있지만, 정작 그 본령은 배면의 감추어진 웅숭한 심연으
로 집중되어 있다. 시적 상상력이 가시적인 오동나무에 한정되지
않고 비가시적인 오동나무의 심연을 향해 심화·확산되고 있는
것이다.

그렇다면, "一柱門처럼 서 있던 두 그루" 오동나무의 비가시적
인 무한의 세계의 풍광은 과연 어떠한가. 오동나무의 이면에는
천상과 지상의 신화적인 원형세계가 음화처럼 배어나오고 있다.
이 음화 속에는 신화 속의 "봉황이 깃들여" "금빛 가루를 터뜨리
고", "구름은 어두운 하늘을 천천히 흐"르는 신성사적인 기원의
시간이 펼쳐진다. 신화의 공간 속에서 모든 오동나무가 다시 깨
어난다. 그리하여 이미 악기가 된 오동나무까지도 "죽은 자를 위
해 달빛 아래 弦"을 켜는 공명음을 일으키며 탄성 진동한다. 신화
적인 미분성의 세계에서 일어나는 전일적인 동기감응(同氣感應)
의 현상이다.

오동나무의 은밀한 심연은 다시 "오동나무가 서 있는 곳에서
부터 뻗어나가는 낯선 길들"을 열어준다. "텅 빈 棺, 짚신, 모자,
구리반지 그리고 襚衣"의 소품이 나열되어 있는 이 낯선 길들의
끝에는 "죽은 자의 방"이 놓여 있다. 오동나무가 삶의 질서 원리
에 의해 가려진 죽음의 저편을 향한 비밀의 통로를 열어 보여주
고 있다. 그리하여 "오동나무 곁에서는 죽음조차 가"벼워진다. 이
시에서 현존하는 오동나무는 그 배면의 신비롭고 초월적인 무한
의 영토와 조응하고 있다. 오동나무가 하나의 거대한 상형문자로
존재하고 있는 것이다.

"죽은 자와 산 자 사이에 놓여 있는 內通門"으로서의 사물의 존
재성은 다음 시편에서도 실감있게 그려진다.

　움푹한 어둠이 입 벌리고 있는 곳,
　어디까지 파 내려갔을까 깊은 웅덩이는 어느새 하늘과 산과
나의 고개 숙인 얼굴을 거꾸로 붙들고 있다
　그 속에 도사리고 있는 무언가 있다
　장대로 그 속을 찔러보지 않아도 알 수 있다
　언젠가 눈동자를 반으로 가르고 그 속에 사람이 풍덩 뛰어들
었던 적이 있었다.
　하지만 눈동자는 그를 다시 게워냈다
　치마를 뒤집어쓴 젊은 여자도 물가 고무신 곁으로 조용히 데
려다놓았다고 한다
　　　　　　　　　(중략)
　아무도 그 속에 들어가보지 못했다
　몇년 뒤, 저 속에 들어가 시퍼런 물에 썩지도 않고 눈뜨고 있
는 사람

그는 무엇을 보게 될까 비밀을 보아버린 사람은 항상
죽은 자이다 그리고 침묵만이 오래 그들의 몫이 된다
――「저수지」 부분

저수지는 비밀의 어둠으로 뒤덮여 있다. 그 속에는 분명 "도사
리고 있는 무언가 있다". "장대로 그 속을 찔러보지 않아도 알 수
있다". 그러나 그 실체를 명확히 아는 사람은 없다. 저수지의 "비
밀을 보아버린 사람은 항상/죽은 자이다". 언젠가 저수지의 "눈
동자를 반으로 가르고 그 속에 사람이" 뛰어들었던 적이 있었다.
그러나 그가 할 수 있는 일은 오직 침묵일 뿐이다. 그래서 나는
저수지의 '눈동자' 속의 비밀을 알지 못한다. 그러나 저수지의 수
면의 안과 밖이 빛과 어둠, 발화와 침묵, 삶과 죽음으로 대위되는
계열체로 이루어져 있음은 쉽게 추정된다. 다시 말해, 저수지의
밖이 시간의 질서에 의해 지배받는 현실계라면 저수지 안은 무시
간성의 신화적 세계와 친연성을 지닌다. 그래서 저수지의 '눈동
자'를 직시하는 행위는 현실 속에서 신화를 체험하는 일이 된다.
저수지의 수면이 우주적인 드러냄과 감춤의 통로 역할을 하고 있
다. 다시 말해, 저수지의 수면은 이면의 감추고 있음을 환기시키
는 매개체로서의 의미를 지닌다.

그렇다면, 드러난 현상의 어두운 지층에 해당하는 이면세계의
실체는 구체적으로 무엇일까? 그것은 현존재의 시간성이다.

빛과 어둠의 경계가 너무 커 소름이 돈다 하늘을 다 가려
버린 노송들 아래 찬바람만 빈자리를 드나들고 있는 소나무숲
엔 버섯조차 자라지 않는다 새들도 이곳을 쉽사리 들여다볼 수
없다 한줄기 햇살의 틈입도 허락하지 않는 곳, 짙은 그늘 아래

얼마나 오래 굳어 있었을까 언제 꽃과 풀들을 피워보기라도 한
것일까 흙은 단단한 바위처럼 누워 있다
(중략)
　소나무숲 아래를 감도는 찬바람은 아마도 내게 홍덕왕릉이
이곳에 있게 된 사연을 말해주고 싶어하는 눈치다 길 가는 사
람의 궁금증을 다 풀어주기엔 시간의 올을 너무 많이 풀어내야
하는 것일까 저 오래된 소나무들은 그걸 알고 있다
　　　　　　　　　　　　　　　　──「홍덕왕릉 소나무숲」 부분

　드러난 현상과 드러나지 않은 심연이 '홍덕왕릉 소나무숲'의
수직적 형상을 통해 감각화되고 있다. 소나무숲의 표층과 심층의
"빛과 어둠의 경계가" 소름이 끼칠 만큼 선명하다. 숲의 표면은
'빛의 폭포'로 출렁이지만 '노송들 아래'는 시간을 거역하는 서
늘함만이 존재한다. 숲이 울창할수록 그 심층은 더욱 깊은 비밀
의 세계가 되고 있는 것이다. 그렇다면, 이 비밀의 세계의 구성
요소는 무엇인가? 그것은 "홍덕왕릉이 이곳에 있게 된 사연"을
담고 있는 '시간의 올'이다. 오래된 소나무의 숲 그늘에는 홍덕
왕릉의 숨은 역사를 기억하는 시간의 올 뭉치가 굽이굽이 서려
있다. 숨은 역사의 '시간의 올'은 너무도 길어서 "길 가는 사람의
궁금증을 다 풀어"줄 때까지 완전히 펼쳐내기란 불가능하다. 이
렇게 보면, 시인의 시세계에서 세계의 개진에 상응하는 대지적
은폐성의 실체는 현존재자의 시간의식으로 해명된다. 시간의식
은 사물의 통시적·공시적인 존재성의 실체이다. 현존재의 시간
성에 대한 천착은 존재자의 일상성, 역사성, 사회성 등에 대한 전
체적인 통찰의 방법론이다.
　조용미의 시세계에서 신화적 상징과 미분성의 영역까지 소급

되는 시간의식의 빈번한 등장은 점차 자신의 현존재의 근원에 대한 직시로 전환된다. '흥덕왕릉 소나무숲'의 표층과 심층의 상이한 동일체의 특성은 시인 자신의 현존성에도 그대로 적용된다.

안으로 들어서려는 그 어떤 힘도 완강하게 거부하는
폐허의 城, 깨진 옹기 뒹구는 장독대를 바라보며 폐허와 내가
반대편에서 자라고 있었음을 알겠다
메주를 매달아놓아 늘 쾨쾨한 냄새가 가시지 않던
사랑방 문짝까지 닿으려면
허리까지 오는 잡풀들만 걷어내면 되는 것일까
길을 낼 한치의 빈틈도 내주지 않는 잡풀과 나 사이의 경계가
산맥처럼 멀다 폐허를 더듬으려면
내 몸 구석구석을 만져보면 된다

───「옛집」부분

이 시는 나의 삶의 표층과 그 이면의 폐허의 삶이 뚜렷한 대위를 이루고 있다. '폐허의 城'은 깨진 옹기, 메주 냄새, 문짝, 잡풀 등이 뒤섞여져 있는 내 추억의 삶의 거처이다. '폐허의 城'의 주변은 "한치의 빈틈도 내주지 않는 잡풀"로 둘러싸여 있다. '폐허의 城'의 외부와의 절연은 나의 삶의 표층과 심층의 뚜렷한 변별성을 의미한다. '지금, 여기'의 삶과 '폐허의 城'의 경계는 "산맥처럼 멀"리 떨어진 거리를 지니고 있다. 그러나 '지금, 여기'의 삶과 아득한 '폐허의 城'은 유기적인 하나의 몸체 속에 포괄된다. 그것은 마치 '흥덕왕릉 소나무숲'의 반대일치로서의 표면과 이

109

면의 관계에 비견된다. 그래서 "폐허를 더듬으려면/내 몸 구석구석을 만져보면 된다". '폐허'가 살고 있는 곳은 정작 '내 몸'의 심연인 것이다. 다시 말해, 화석화된 과거의 삶의 거주지인 '폐허'가 '지금, 여기'의 삶의 현상의 지반을 이루고 있다는 것이다. 그래서 시인은 '폐사지'에 이르러서 "폐허의 냄새에 이끌려 찾아온 사람"(「느티나무의 몸 속에는」)이라고 스스로를 소개하기도 한다. '폐허'는 그를 관장하는 보이지 않는 주재자인 것이다.

이렇게 보면, 현존하는 모든 사물의 서로 다른 표층과 심층의 층위로 구성된 특성은 인간실존에도 공통되는 근원동일성을 지닌다. 그래서 시인은 자신의 삶의 운명을 "나뭇잎이나 꽃잎 한 장"에 비견하거나 투영시켜 해독하기를 즐긴다.

> 나는 자주 나뭇잎이나 꽃잎 한장에서
> 내 운명을 읽어내려는 버릇이 있는 사람,
> 옥룡사터에는 탑도 부도비도 깨어진 부처도 없다
> 다만 수천 그루 동백이
> 탑과 부도비를 대신해 백계산을 뒤덮고 있을 뿐
> 동백 보려면 옥룡사를 찾지 마라 도선을 불러내지도 마라
> 심장을 꺼내어 보면 된다
>
> ──「붉은 숲」 부분

'옥룡사 터에는' 옥룡사가 없다. 다만 '수천 그루 동백이' 지금은 부재하는 옥룡사의 탑과 부도비와 깨어진 부처의 역사들을 간직한 채 그곳을 지키고 있다. 그렇다면, 이 동백의 붉은 숲을 제대로 감상하는 방법은 무엇일까? 여기에 대해 시인은 역설적으로 "옥룡사를 찾지" 말 것을 권유하고 있다. 사라진 옥룡사의 기

억은 자신의 "심장을 꺼내어 보면 된다"는 것이다. 이와같은 돌연한 시적 표현은 단순히 동백꽃과 심장의 선연한 붉은빛의 외양적인 유사성에서 적출된 것이 아니다. 우리들의 몸의 기억 속에 이미 '옥룡사'의 내밀한 역사가 각인되어 있기 때문이다. 이 점은 설령, 우리가 옥룡사를 본 적이 없다고 할지라도 크게 다르지 않다. 우리의 몸의 기억이란 나의 개별적인 생활체험의 범주에 국한되는 것이 아니기 때문이다. 우리의 몸성은 계통발생학의 지평까지 확장된다.

　내 나이의 아버지가 거기에서 본 것은 내가 본 것과 같은 것이었을까
　그가 다닌 길 위로 강이 물줄기를 바꾸기도 하고 산속 깊은 곳에는 암자가 생겨났다
　오래고 큰 나무들 앞에 간혹 멈추어서서 손금을 들여다보며 내게로 이어진 쓸쓸하고 긴 시간들
　버즘나무 껍질 다 벗겨져 하얗게 빛나는,
　내가 그리움으로 혹은 욕망으로 만들어놓은 저 먼 길
　　　　　　　—「버즘나무 껍질 다 벗겨져 하얗게 빛나는」 부분

지금 '내 나이의' 젊은 아버지가 보고 겪고 체험했던 것들이 나의 몸의 역사 속에도 면면히 흐르고 있다. '오래고 큰 나무들은' 아버지가 "다닌 길 위로 강이 물줄기를 바꾸기도 하고 산속 깊은 곳에는 암자가 생겨"나기도 한 현상들을 기억하고 있으며, 나는 그 나무들을 통해 나의 운명의 원형을 발견한다.

조용미의 시세계에서 '오래고 큰 나무'는 오래고 큰 역사의 시간의식을 고스란히 내장하고 있다. 그래서 그의 시세계에서는

"부론은 절이 느티나무 속으로 숨어버리고/깨어진 석탑의 지붕
돌과 부도비만 덩그러니 남아 있는 곳/해와 달과 봉황이 노닐고
있는 저 부도비마저 느티의 몸 속으로 들어가고 나면/늙은 나무
와 몸 섞어보지 않고서는 법천사를 볼 수 없으리"(「느티나무의
몸 속에는」)와 같은 표현이 자연스럽게 등장한다. "오래고 큰 나
무들 앞에 간혹 멈추어서서 손금을 들여다보"면, "내게로 이어
진" 나무의 "쓸쓸하고 긴 시간들"을 감득하게 된다. "버즘나무 껍
질 다 벗겨져 하얗게 빛나는" 오랜 세월의 나이테가 나의 손금으
로 연결되고 있는 것이다. 나의 몸이 우주적 삶과 연결되는 통로
이며 탯줄이다. 다시 말해, "오래고 큰 나무"가 오래고 큰 역사의
시간의식을 내장하고 있는 것처럼, 나의 몸 역시 오랜 시간의식
을 감싸고 있는 주체이다. 그래서 몸은 우주적 삶의 생생한 지각
의 영토이다.

이렇게 보면, 조용미의 시세계에서 사물의 비밀의 숲을 가로질
러가는 길은 자신의 본연의 모습을 직시하는 길이기도 하다. 실
제로 그는 영산홍의 붉은 열꽃에서 자신의 내면의 언어의 실재를
발견하기도 한다.

　　이제 아픔 곁에 서서 마당의 영산홍은 하루 종일 나를 지켜
본다
　　내가 들여다보는 영산홍과 자산홍의 시간이란
　　햇빛과 어스름과 봄비와 달빛 속이지만
　　꽃은 그 속을 열어 보이지 않는다
　　갈고리처럼 휘어진 꽃잎보다 긴 암술이
　　지난밤 그 빛깔에 닿을 수 없는 영산홍의 몸짓을 짐작케 할뿐

가장 짧은 수술에 닿아 있는 꽃의 속살에
점점이 갈색 열꽃이 번져 있다
영산홍이 함부로 향기를 내뿜지 않는 이유가 꽃이 가진 지나
친 붉은빛 때문일 거라 중얼거리며
영산홍에 마음의 부림을 당하는 한나절
내가 쏟아놓고 싶은 말들이 때로 꽃의 저 선연한 붉은빛과
닮아 있었다는 걸 당신은 아는지

　　　　　　　　　　　　　　　　　　──「映山紅」부분

　시적 화자와 '영산홍'이 서로의 관음을 직시하고 있다. "영산
홍은 하루 종일 나를 지켜"보고, 나는 '영산홍'을 "들여다보"고
있다. 영산홍의 심연은 '햇빛과 어스름'과 '달빛'의 깊은 시간으
로 이어지고 있다. 그러나 "꽃은 그 속을" 활짝 "열어 보이지 않
는다". 다만, 상처처럼 점점이 번져 있는 '열꽃'을 통해 그윽한 심
연의 시간의식이 응축적으로 스며나올 뿐이다. 영산홍 꽃잎을 선
연하게 물들이는 더운 기운은 그 내면의 웅혼한 우주적 시간성의
발현인 것이다. 그렇다면, '영산홍'이 직시한 화자의 본연의 세계
는 무엇인가? 물론 이 시에서 '영산홍'의 발화가 직접적으로 개
진되지는 않고 있다. 그러나 시상의 마지막 2행을 통해 우리는 화
자의 경우 역시 영산홍과 근원동일성을 지닌다는 사실을 간접적
으로 이해할 수 있다. "내가 쏟아놓고 싶은 말들" 역시 영산홍의
"저 선연한 붉은빛과 닮아 있"음을 전언하고 있다. 즉, 시적 화자
의 내면의 심층 역시 영산홍의 열꽃으로 분출되는 역동적인 기운
으로 미만해 있음을 암시하고 있다. 영산홍의 열꽃의 선연한 빛
깔은 시적 화자의 내면의 초상인 것이다.
　이렇게 보면, 조용미가 "어둠속에 있는 것들이 꾸는 모든 은밀

한 꿈을 나는 들여다보려 했다"(「어둠속」)고 진술하는 것은 결국, 자신과 자신을 둘러싼 외부세계의 본성을 발견하고 인식하는 창조적 과정으로 이해된다. 이번 시집은 그가 첫시집, 『불안은 영혼을 잠식한다』의 마지막 시편에서 "잎이 너무 많은 나무"를 향해 "나도 이제 저 그늘 아래 한번 들어가보고 싶다"(「잎이 너무 많은 나무」)고 진술했던 의지를 구체적으로 실현해보인 과정으로 정리된다. 조용미는 일찍이 서정주가 「꽃밭의 獨白」에서 "門 열어라 꽃아. 門 열어라 꽃아."라고 노래하던 시혼을 면면히 이어받고 있는 것으로 보인다. 그러나 그의 시세계는 아직 비밀의 숲에 대한 관찰을 넘어서서 그 내부의 진경이 전언하는 밀어의 내용을 적극적으로 구현하고 해명하는 단계로 나아가지는 않고 있다. 그래서 대부분의 시편들이 비밀과 상징의 숲을 향한 여로의 묘사 차원에 머무르는 경우가 많다. 이제 그의 시세계는 유한 속의 무한의 상징세계의 반향과 의미를 적극적으로 탐지하고 구현하는 데 집중할 차례이다. 여기에 이를 때 그의 시편들은 세계의 육체와 영혼, 사물과 관념, 이성과 신화의 실체와 상호 조응의 구체적인 관계성을 좀더 근거리에서 입체적으로 조명할 수 있을 것이다.

세계의 사물화는 우리들의 삶을 존재의 근원성으로부터 점점 멀어지게 한다. 오늘날 생활세계에서의 시간의식의 얕은 층위, 현상과 본질의 불연속적인 단절적 사고의 확산도 여기에서 주된 원인을 찾을 수 있다. 이러한 정황에서 비밀의 숲을 가로질러 "일만 마리 물고기가 산을 날아오르"는 풍경을 노래하는 조용미의 시적 상상력은 우리들의 존재성의 원형을 직시하는 과정으로서의 소중한 덕목을 지닌다.

시인의 말

사물은 그 본질을 다 드러내지 않았을 때 아름답다. 노출 부족으로 찍은 사진의 경우를 생각해보라. 꽃의 뒤에, 옆에 무엇이 있는지 알지 못한다. 어둠으로 둘러싸인 그 세계는 비밀로 가득차 있다. 사진을 찍은 자만이 그것을 보았으리라. 그가 본 풍경을 모르는 편이 꽃을 이해하는 데 훨씬 도움이 된다. 노출 부족된 사진 속의 어둠은 오히려 꽃의 진실에 가깝다.

풍경은 무수한 말들을 뿜어낸다. 나는 그것을 받아적는다. 때로 풍경의 침묵이 너무 완강해 그것을 도저히 읽어낼 수 없는 날들이 오기도 한다. 그럴 때면 풍경보다 더 깊이, 오래 침묵해야 한다.

나는 내 시를 읽는 사람들의 마음을 불편하게 하고 싶다. 순간순간 아득해져서 몇번이고 시집을 덮었다 읽기를, 그들의 마음을 갈기갈기 찢어놓기를, 그래서 조금, 아주 조금 그들의 마음을 쓰다듬어줄 수 있기를 바란다.

알 수 없는 광기와 그리움에 시달리던 나날들…… 그럴 때면 삶이, 존재가 견딜 수 없이 너덜너덜해지기도 했다.
내 안에 너무 많은 것들이 들끓고, 그것에 떠밀려, 그것을 견디느라, 이겨내느라 시를 껴안았다.

이 시집으로부터 나는 이미 조금 떨어져 있는 느낌이다.

내가 가지 않은 길은 내가 가장 가고 싶은 길이었다. 그 길이 저 만치서 나를 바라본다. 세상에서 가장 신비로운 그 길이.

길 위에 있는 자, 길 위에 있고자 하는 자들, 영혼이 길 위에 있어야만 안심이 되는 자들에게 이 시집을 바친다.

2000년 5월

조 용 미

창비시선 198

일만 마리 물고기가 山을 날아오르다

초판 1쇄 발행/2000년 6월 10일
초판 4쇄 발행/2014년 10월 8일

지은이/조용미
펴낸이/강일우
편집/고형렬 김성은 염종선
펴낸곳/(주)창비
등록/1986년 8월 5일 제85호
주소/413-120 경기도 파주시 회동길 184
전화/031-955-3333
팩시밀리/영업 031-955-3399 · 편집 031-955-3400
홈페이지/www.changbi.com
전자우편/lit@changbi.com

ⓒ 조용미 2000
ISBN 978-89-364-2198-4 03810